वंचितों के अग्रदूत

संगम पाण्डे

ISBN : 81-88714-59 -3

लिटिल बुक्स

1/5971, कबूल नगर, शाहदरा, दिल्ली-110032
द्वारा प्रकाशित

संस्करण : 2010 मूल्य : 90.00

शुभम ऑफसेट, शाहदरा, दिल्ली-110032
द्वारा मुद्रित

VANCHITON KE AGRDOOT
by : Sangam Panday

अनुक्रम

संत कबीर

कबीर

मध्य युग के संत कवियों में कबीर का नाम बहुत आदर से लिया जाता है। वे विद्रोही चिंतक थे। उन्होंने सभी तरह के धार्मिक और सामाजिक पाखंड पर उग्र प्रहार किया। उनकी वाणी में गजब की शक्ति थी। उनके हृदय में ईश्वर के प्रति असीम भक्ति थी। कबीर के दोहे और पद आज भी बड़े चाव से पढ़े जाते हैं और सभी तरह के भेदभाव से ऊपर उठकर सच्चा मनुष्य बनने की प्रेरणा देते हैं।

संत कबीर

संत कबीर को कौन नहीं जानता? हर तरह के भेदभाव और पाखंड के खिलाफ अलख जगाने वाले कबीर मानवता के सच्चे दूत थे। वे मध्ययुग के भक्त कवि थे। उनका जन्म सन् 1398 में और मृत्यु 1518 में हुई। कबीर का पालन-पोषण एक जुलाहा परिवार में हुआ, लेकिन उनके जन्म को लेकर कई तरह की कहानियां कही जाती हैं। कोई उन्हें एक विधवा ब्राह्मण स्त्री के गर्भ से उत्पन्न हुआ बताता है, तो कोई कमल के पुष्प से जन्मा। लेकिन मान्य कथा यह है कि वाराणसी के नजदीक लहरतारा तालाब के नजदीक नीरू नाम के निःसंतान जुलाहे ने सबसे पहले एक शिशु को देखा। नीरू उसे घर ले आया। इस तरह वह और उसकी पत्नी नीमा ही कबीर के माता-पिता हुए। जिस तरह कबीर के जन्म को लेकर कई कहानियां हैं, उसी तरह उनका पालन-पोषण करने वाले नीरू और नीमा को लेकर भी यह स्पष्ट नहीं है कि वे हिंदू थे, या मुसलमान। कबीर संत थे, लेकिन साथ ही गृहस्थ भी थे। उनका विवाह बैरागी समाज में हुआ था। उनकी पत्नी का नाम लोई था। उनका एक पुत्र और पुत्री भी थे, जिनके नाम कमाल और कमाली थे। कबीर संत रामानंद के शिष्य (हम कासी में प्रकट भये, रामानंद चेताये) थे, और निर्गुण भक्तिधारा के कवि थे। उन्होंने अपने जीवनकाल में हर तरह के रूढ़िवाद और

धर्मांधता का विरोध किया। उनके दोहे और साखियां ऐसी आसान भाषा में थे जिन्हें आम लोग आसानी से समझ सकते थे। उनकी कविताओं की भाषा को सधुक्कड़ी भाषा कहा जाता है। कबीर का विश्वास निराकार ईश्वर में था। पोंगापंथ के वे सख्त खिलाफ थे। उनका मानना था कि ये धार्मिक कर्मकांड ही है जो समाज में ऊंच-नीच को बढ़ावा देता है।

पाथर पूजे हरि मिले, तो मैं पूजूं पहाड़।
ताते या चाकी भली, पीस खाए संसार॥

कांकर पाथर जोरि कै, मस्जिद लई बनाय।
ता चढ़ मुल्ला बांग दे, का बहिरा हुआ खुदाय॥

कबीर के ईश्वर हृदय में बसते थे। उस ईश्वर का कोई रूप नहीं है। ऐसा ही वे मनुष्य के बारे में भी मानते थे। उनका कहना था कि इंसान को उसके ऊपरी रूप से मत परखो, उसके ज्ञान और बुद्धि को परखो, उसके मन को जांचो। कबीर का पालन-पोषण खुद एक जुलाहा परिवार में हुआ था। अपने एक कवित्त में वे जाति की बात का इस तरह विरोध करते हैं :

जात न पूछो साधु की, पूछ लीजिए ज्ञान।
मोल करो तलवार का, पड़ी रहन दो म्यान॥

अपने एक अन्य दोहे में वे प्रभु भक्ति को जाति से ऊपर बताते हैं। इस तरह वे हिंदुओं की जाति व्यवस्था और कर्मकांड पर ब्राह्मणों के एकाधिकार का अपने ढंग से मखौल उड़ाते हैं।

कामी, क्रोधी, लालची, इनसे भक्ति न होय।
भक्ति करै कोई सूरमा, जाति, बरन, कुल खोय॥

कबीर एक ओर अपनी कविता में ईश्वर के निराकार रूप को अपने भीतर तलाशने की बात करते हैं, वहीं भौतिक स्तर पर वे मनुष्य के आत्मसम्मान को लेकर कहते हैं :

मांगन मरण समान है, मत मांगो कोई भीख।
मांगन से मरना भला, ये सतगुरु की सीख॥

कबीर का जीवन धार्मिक नगरी काशी में गुजरा। लेकिन वे धार्मिक रूढ़िवाद के सख्त विरोधी थे। उन्हें जब कहा गया कि काशी में मृत्यु से मोक्ष मिलता है तो वे मृत्यु से पहले काशी छोड़कर मगहर चले गए, जहां 119 वर्ष की उम्र में उनकी मृत्यु हुई। उत्तर प्रदेश में बस्ती जिले से सटे संत कबीर नगर में स्थित मगहर में आज भी उनकी समाधि पर लोग फूलमाला चढ़ाने जाते हैं। सिखों के धर्मग्रंथ गुरुग्रंथ साहब में कबीर के 450 साखियां और पद शामिल हैं।

संत रैदास

रैदास

संत रैदास मध्य युग के महान भक्त कवि थे। उनका जन्म एक अछूत जाति में हुआ था। अपनी उच्च कोटि की भक्ति भावना और काव्य रचना के परिणामस्वरूप वे पूरे भारतीय समाज में आदर एवं श्रद्धा के पात्र बने। रैदास का कहना था कि भगवान की पूजा का अधिकार हर एक को है। साथ ही, कोई भी व्यक्ति जन्म से नहीं कर्म से बड़ा होता है। संत रैदास के अनुयायी लाखों की संख्या में हैं।

संत रैदास

संत रविदास भक्ति काल के महान कवि थे। अब से करीब छह सौ साल पहले उनका जन्म बनारस के करीब एक गांव श्री गोवर्धन में हुआ था। उनके पिता का नाम बाबा संतोख दास और मां का नाम कलसा देवी था। माता-पिता ने कम उम्र में ही अपने पुत्र का विवाह लोना देवी नामक कन्या से कर दिया। कबीर की भांति संत रैदास भी गुरु रामानंद के शिष्य थे। वे जाति के चर्मकार थे, और जूते बनाने का काम करते थे। लेकिन वे अपने काम को छोटा न मानकर उसे पूरी तल्लीनता और मेहनत से करते थे। उनका कहना था कि कोई व्यक्ति अपनी जाति से नहीं अपने कर्म से महत्त्वपूर्ण होता है। संत रविदास मानते थे कि भगवान की पूजा का अधिकार हर एक को है। वे अक्सर अपने बनाए गए जूते जरूरतमंदों को मुफ्त दे दिया करते थे। इस बात को लेकर उनके पिता उनसे नाराज रहते। कुछ समय बाद उन्होंने उन्हें उनकी पत्नी सहित घर से अलग कर दिया। तब रैदास अपनी एक अलग कुटिया बनाकर उसमें पत्नी सहित रहने लगे। उनके यहां साधु संतों का आना-जाना लगा रहता। उनके परोपकारी और कर्तव्यनिष्ठ स्वभाव के कारण आम लोगों में भी उनकी लोकप्रियता बढ़ती गई। वे बेहद परिश्रमपूर्वक जूते गांठकर जो कमाते, उसे जरूरतमंदों पर खर्च कर देने में उन्हें कोई कष्ट न होता।

उनके स्वभाव के कारण उनके विचारों को भी समाज में स्वीकार किया जाने लगा। और जल्द ही उनके गीत लोगों की जबान पर चढ़ गए। कृष्ण भक्ति धारा की महान कवयित्री मीरां संत रविदास को अपना गुरु मानती थीं। कबीर ने भी उन्हें 'संतन में रविदास' कहा है।

संत रविदास विभिन्न धर्मों में वर्णित ईश्वर को एक ही मानते थे। उनका कहना था कि परमात्मा हमारे भीतर ही होता है, उसे कहीं और खोजने जाने की जरूरत नहीं है। प्रभु भक्ति में लीन होने को वे आवश्यक मानते थे। उन्होंने तत्कालीन समाज में व्याप्त जाति प्रथा पर भी अपनी कविताओं में प्रहार किए।

जाति-जाति में जाति हैं, जो केतन के पात।
रैदास मनुष ना जुड़ सके जब तक जाति न जात॥

जब संत रैदास की ख्याति दूर-दूर तक फैलने लगी, तो इससे कई कट्टर लोगों को काफी आपत्ति हुई। काशी के कट्टर ब्राह्मणों ने राजा से जाकर शिकायत की कि एक अस्पृश्य जाति के व्यक्ति को धर्म कर्म के मामले में बोलने का कोई हक नहीं है, और उसे इसके लिए सजा होनी चाहिए। कहते हैं राजा ने इस शिकायत की जांच के लिए संत रैदास को दरबार में बुलाया। लेकिन उनसे मिलने और उनकी बातें सुनने के बाद वो उनका ऐसा मुरीद हुआ कि राज्य की ओर से उनकी शान में एक शोभायात्रा निकाली गई।

संत रविदास सिख धर्म के 15 भक्तों में से भी एक हैं। उनकी शुरुआती 40 रचनाएं गुरु ग्रंथ साहिब में शामिल हैं। उनके कई भक्ति गीत आज भी बड़े पैमाने पर गाए जाते हैं। उनकी महिमा को लेकर कई कहानियां भी कही जाती हैं। इन्हीं में से एक कहानी चित्तौड़ की रानी के यहां के भोज की भी है। रानी एक बार काशी गईं तो संत

रविदास की ख्याति सुनकर उनसे मिलने पहुंचीं। मुलाकात के दौरान उन्होंने उन्हें चित्तौड़गढ़ आने का निमंत्रण दिया। इस निमंत्रण को ग्रहण कर जब रैदास समय मिलने पर चित्तौड़गढ़ पहुंचे, तो रानी बहुत खुश हुईं और उन्होंने उनके स्वागत में एक भोज का आयोजन किया। भोज में स्थानीय साधु-संतों और ब्राह्मणों को भी आमंत्रित किया गया। एक अछूत कही जाने वाली जाति के व्यक्ति का इतना सम्मान देखकर चित्तौड़गढ़ के ब्राह्मणों को ईर्ष्या हुई। उन्होंने तय किया कि संत रविदास के साथ भोजन न करके अपना खुद बनाया हुआ भोजन अलग करेंगे। उन्होंने भोज के भंडारगृह से सामग्री लेकर अपना अलग भोजन पकाया, लेकिन जब करने बैठे, तो उन्हें हर भोजन कर रहे ब्राह्मण के बगल में बैठी संत रैदास की एक छवि दिखाई दी। इस घटना से सभी ब्राह्मण पश्चात्ताप से भर उठे और उन्होंने जाकर संत रैदास से क्षमायाचना की।

संत रविदास के करीब दो सौ कवित्त मिलते हैं। उनका एक प्रसिद्ध भजन ये है :

प्रभु जी तुम चंदन हम पानी। जाकी अंग-अंग बास समानी।
प्रभु जी तुम घन बन हम मोरा। जैसे चितवत चंद चकोरा।
प्रभु जी तुम दीपक हम बाती। जाकी जोति बरै दिन राती।
प्रभु जी तुम मोती हम धागा। जैसे सोनहिं मिलत सोहागा।
प्रभु जी तुम स्वामी हम दासा। ऐसी भक्ति करै रैदासा।

प्रभु जी तुम संगति सरन तिहारी। जग-जीवन राम मुरारी।
गली-गली को जल बहि आयो, सुरसरि जाय समायो।
संगति के परताप महातम, नाम गंगोदक पायो।
स्वाति बूँद बरसे फनि ऊपर, सोई विष होइ जाई।

ओही बूँद कै मोती निपजै, संगति की अधिकाई।
तुम चंदन हम रेंड बापुरे, निकट तुम्हारे आसा।
संगति के परताप महातम, आवै बास सुबासा।
जाति भी ओछी, करम भी ओछा, ओछा कसब हमारा।
नीचे से प्रभु ऊँच कियो है, कहि रैदास चमारा।

संत रविदास की जन्मतिथि को लेकर विवाद रहा है, लेकिन उन्हें कबीर का समकालीन माना जाता है। उनकी उम्र भी कबीर के जितनी ही लगभग 120 साल मानी गई है। रविदासी संप्रदाय हर साल संत रविदास की जयंती धूमधाम के साथ मनाता है। रविदास इस संप्रदाय के गुरु माने जाते हैं। उनके जन्मस्थान पर एक मंदिर का निर्माण भी किया गया है।

संत तुकाराम

तुकाराम

संत तुकाराम मूर्धन्य मराठी कवि और संत थे। उनकी युवावस्था बहुत कष्ट में बीती। प्रियजनों की मृत्यु और पारिवारिक व्यवसाय नष्ट हो जाने से तुकाराम में वैराग्य भावना पैदा हुई और वे भक्त हो गए। कर्मकांड में उनका विश्वास नहीं था। प्रेम, भाईचारा और सहयोग में उनका मन रमता था। अभंग शैली में लिखित अपनी हजारों कविताओं में तुकाराम ने इसी की शिक्षा भी दी। उनके अभंग आज भी बड़े आदर से गाए जाते हैं।

संत तुकाराम

भारत को भक्ति युग की धारा ने कई महान व्यक्तित्व दिए हैं। सत्रहवीं शताब्दी के महान मराठी कवि संत तुकाराम भी इनमें से एक थे। उनकी कविताओं और विचारों का मराठी जनमानस पर बहुत गहरा प्रभाव रहा है। उनका उपनाम मोरे था और जातिगत रूप से वे वैश्य थे, लेकिन उस युग में धार्मिक कार्यों के लिए सभी गैर ब्राह्मण शूद्र माने जाते थे। संत तुकाराम को भी गैर ब्राह्मण होने का दंश समय-समय पर झेलना पड़ा। उनके पिता का नाम बोल्होबा था जो खुद भी धार्मिक प्रवृत्ति के व्यक्ति थे। महाराष्ट्र में पुणे के नजदीक देहू नामक जगह पर उनका बड़ा कारोबार था। यहीं देहू में सन् 1609 को संत तुकाराम का जन्म हुआ। उनकी पहली पत्नी का नाम रकुमाबाई था, जो दमे की बीमारी से पीड़ित थीं, इसलिए उनका दूसरा विवाह एक संपन्न घराने की युवती जीजाबाई से किया गया। घर में समृद्धि थी, जीवन सुखपूर्वक चल रहा था, लेकिन आने वाले दुखों को कौन जानता है। जब तुकाराम मात्र 17 वर्ष के थे, उनके पिता चल बसे, फिर एक वर्ष बाद उनकी भाभी भी नहीं रहीं, और जब तक वे इन दुखों से संभल पाते, तब तक पूरा क्षेत्र भयंकर अकाल की चपेट में आ गया। अकाल ने उनकी पहली पत्नी रकुमाबाई और एकमात्र बेटे संतोबा को भी लील लिया। तुकाराम चाहते तो अकाल में चीजों की ज्यादा कीमत वसूल कर वे अपने कारोबार में इजाफा कर सकते थे,

लेकिन वे तो उल्टे जरूरतमंदों, दीन-दुखियों को मुफ्त में चीजें दे देते। नतीजा यह हुआ कि उनका पूरा कारोबार भी इस अकाल में डूब गया। जीवन में कम उम्र में ही इतना कुछ एक साथ देख लेने से संत तुकाराम का मन गृहस्थ जीवन के प्रति उचाट होने लगा था। उन्होंने फैसला किया और अपने कारोबार को तिलांजलि दे पूर्णकालिक रूप से प्रभु भक्ति में लीन हो गए। वे विट्ठल यानी भगवान कृष्ण के भक्त थे और अपना पूरा जीवन उन्होंने उन्हीं की भक्ति को समर्पित किया। इन्द्रयाणि नदी के किनारे पूर्वजों के बनवाए जीर्ण-शीर्ण हो चुके मंदिर का जीर्णोद्धार करवाया, और इसके बाद वहां नियमित भजन-कीर्तन होने लगे।

संत तुकाराम ने मराठी की अभंग शैली में काव्य रचना की। अभंग लिखने की प्रेरणा उन्हें अपने गुरु बाबा चौतन्य से मिली। माना जाता है कि उन्होंने अपने जीवन काल में साढ़े चार हजार अभंग लिखे। उनकी भाषा ऐसी थी जो खेतिहर किसान, मजदूर सबको समझ आती थी। उनके कीर्तनों में बड़ी तादाद में लोग शामिल होते और देखते-देखते उनकी कीर्ति दूर-दूर तक फैल गई। उनका कहना था कि ईश्वर भक्ति का अर्थ यह नहीं है कि हम उसके कर्मकांडों में उलझे रहें, बल्कि इसमें है कि हम दूसरों के सुख-दुख को कितना साझा करते हैं। मानवीय व्यवहार को लेकर कही गई उनकी ये बातें लोगों को अच्छी लगतीं, और इसीलिए उनके अनुयायियों की तादाद बहुत तेजी से बढ़ती गई। उनकी एक ब्राह्मण अनुयायी का नाम इस सिलसिले में विशेष रूप से प्रसिद्ध हुआ। लेकिन दूसरी ओर उनकी प्रसिद्धि देखकर उनसे जलने वालों की भी कमी नहीं थी। विशेषकर कुछ पुजारी ब्राह्मणों को यह बर्दाश्त नहीं होता था। ऐसे ही एक ब्राह्मण का नाम मांबाजी गोसावी था। वह बात बेबात संत तुकाराम

से झगड़ा करने के बहाने तलाशता रहता। एक बार संत तुकाराम की एक गाय उसकी फूल पौधों की एक बगीची में घुस गई। बस, मौका तलाश रहे मांबाजी गोसावी को अवसर मिल गया। वह छड़ी लेकर संत तुकाराम के घर गया और अंधाधुंध उनपर छड़ी बरसाने लगा। तुकाराम चुपचाप सबकुछ झेलते रहे। लेकिन मांबाजी उनको छड़ी से मारते-मारते हांफने लगा, और आखिर जब उसे कुछ न सूझा तो थककर वहां से चला गया।... शाम हुई, कीर्तन का वक्त आया। तुकाराम को किसी ने बताया कि मांबाजी सुबह की घटना के बाद से घर से नहीं निकला है और घर में पड़ा दर्द से कराह रहा है। यह सुनकर तुकाराम उसके घर गए और मांबाजी के बिस्तर के करीब जाकर उनके शरीर को धीरे-धीरे दबाते हुए मालिश करने लगे। मांबाजी से उन्होंने कहा   मुझे मारने से आपके शरीर में दर्द हो रहा होगा, लाइये मैं उसकी मालिश कर दूं, ताकि आप हमारे कीर्तन में शामिल हो सकें। संत तुकाराम की यह वाणी सुनकर मांबाजी गोसावी फूट-फूट कर रो पड़े और उन्होंने उनसे माफी मांगी।

इसी तरह की एक अन्य कहानी संत तुकाराम की रचनाओं की पांडुलिपियों को लेकर भी प्रचलित है, जिसका प्रमाण भी पेश किया जाता है। कहते हैं तुकाराम के समकालीन ब्राह्मणों को जब ये पता चला कि निचली जाति के तुकाराम अभंगों की रचना करते हैं और उनके अनुयायियों में कई ब्राह्मण भी शामिल हैं तो उन्होंने देहू के मुखिया के सामने ये शर्त रखी कि या तो तुकाराम को गांव से निकाल दिया जाए, या वे अपने अभंगों की समस्त पांडुलिपियां नदी में डुबो दें। जब तुकाराम को यह पता चला तो उन्होंने दूसरे रास्ते का चुनाव किया। उन्होंने अपनी समस्त पांडुलिपियां एक पत्थर से बांधकर देहू की इन्द्रयाणि नदी में डुबो दीं। इस तरह पांडुलिपियों को डुबोने के बाद वे भगवान विट्ठल का ध्यान करते हुए उपवास पर बैठ गए। एक

लोक मान्यता के मुताबिक कई दिन के उपवास के बाद एक दिन गांव के लोगों ने उनकी सभी पांडुलिपियां नदी में तैरती देखीं। कहते हैं भगवान ने उनकी परीक्षा ली। उपवास के बाद उनकी पांडुलिपियां तो ऊपर आ गईं, लेकिन उन्हें भगवान ने अपने पास बुला लिया। उनकी मृत्यु सन् 1650 में हुई। देहू के विठ्ठोबा-रुक्मिणी मंदिर में एक हस्तलिखित पांडुलिपि आज भी रखी है। कहते हैं कि यह संत तुकाराम की लिखी वही पांडुलिपि है जो पानी में ऊपर आई थी। इस पांडुलिपि में उनके कुल 250 अभंग दर्ज हैं। लेकिन इस विषय में शोध करने वाले कुछ आधुनिक विद्वान इस दावे में शक करते रहे हैं। उनका अनुमान है कि तत्कालीन कट्टर ब्राह्मणों ने संत तुकाराम की हत्या कर दी होगी, और उनकी पांडुलिपियां नष्ट कर दी होंगी। लेकिन अगर यह अनुमान सही भी है तो भी इससे संत तुकाराम को भुलाया नहीं जा सकता। वजह थी कि उनके अभंग पीढ़ी दर पीढ़ी लोग कागज से पढ़कर नहीं, बल्कि सुनकर याद रखते रहे। संत तुकाराम की रचनाओं को बचाए रखने में महाराष्ट्र के कीर्तन गायक वरकारी समाज का इस मायने में बड़ा हाथ है।

उनकी दो हिंदी रचनाएं इस प्रकार हैं :

मैं भुली घरजानी बाट। गोरस बेचन आयें हाट
कान्हा रे मनमोहन लाल। सब ही बिसरू देखें गोपाल।
काहां पग डारू देख आनेरा। देखें तो सब वोहिन घेरा।
हुं तों थकित भैर तुका। भागा रे सब मनका धोका।
हरिबिन रहियां न जाये जिहिरा। कबकी थाडी देखें राहा।
क्या मेरे लाल कवन चुकी भई। क्या मोहिपासिती बेर लगाई।
कोई सखी हरी जावे बुलावन। बार हि डारूं उसपर तन।
तुका प्रभु कब देखें पाऊं। पासीं आऊं फेर न जाऊं।

जोतिबा फुले

जोतिबा फुले

जोतिबा फुले उन्नीसवीं सदी के महानतम समाज सुधारकों में एक थे। उन्होंने छुआछूत, जाति प्रथा और स्त्रियों के दमन के विरुद्ध क्रांतिकारी काम किया। स्त्री शिक्षा के प्रसार के लिए उन्होंने स्कूल खोला और विधवा विवाह पर रोक को हटाने के लिए संघर्ष किया। जोतिबा फुले पाखंड, रूढ़ियों और कर्मकांड के सख्त विरोधी थे।

जोतिबा फुले

महात्मा जोतिराव गोविंदराव फुले उन्नीसवीं सदी के महान समाज सुधारक थे। उनका जन्म 11 अप्रैल 1827 को महाराष्ट्र के सतारा जिले में हुआ। उनके पिता माली जाति के थे और शुरू में फूलों के व्यवसाय से जुड़े थे, इसी वजह से परिवार में फुले उपनाम चलन में आया। मात्र नौ साल की उम्र में जोतिराव की मां का निधन हो गया। उनके पिता उस वक्त पुणे में सब्जी विक्रेता थे। घर की खराब आर्थिक स्थिति के कारण प्राथमिक शिक्षा के बाद उन्हें पढ़ाई छोड़कर पिता के साथ उनके खेत में काम करने को मजबूर होना पड़ा। 12 साल की उम्र में उनका विवाह भी कर दिया गया। लेकिन विषम परिस्थितियों में रहते हुए भी जोतिबा पढ़ने-लिखने में बहुत कुशाग्र थे। उनकी प्रतिभा को उनके एक ईसाई पड़ोसी पहचानते थे, उन्होंने पिता गोविंदराव से कहा इस लड़के की पढ़ाई बंद मत करवाइये, यह बहुत आगे जाएगा। पिता को भी बात जंच गई, और इस तरह उनका पुणे के स्काटिश मिशन हाई स्कूल में फिर से दाखिला हुआ, जहां से उन्होंने 20 वर्ष की आयु में अपनी पढ़ाई पूरी की।

स्काटिश मिशन हाईस्कूल की पढ़ाई पूरी करने के बाद जोतिबा फुले की जिंदगी में दो ऐसी बातें हुईं, जिन्होंने उनके जीवन को सामाजिक बदलाव के रास्ते पर मोड़ दिया। पहली घटना उनके एक

ब्राह्मण मित्र के विवाह के दौरान घटी। फुले भी इस विवाह में आमंत्रित थे। लेकिन समारोह के दौरान मित्र के एक रिश्तेदार ने उन्हें नीची जाति का मानते हुए उनसे अपमानजनक व्यवहार किया। फुले इस घटना के बाद उस समारोह से तो लौट आए, लेकिन इसने उनके मन पर जाति व्यवस्था से उत्पन्न अन्याय को लेकर गहरा प्रभाव छोड़ा। इस घटना के अलावा दूसरी महत्त्वपूर्ण बात जिसने उनके मन पर गहरा प्रभाव डाला, वह थी थामस पैने की किताब 'आदमी के अधिकार' (Rights of man)। इस पुस्तक ने फुले के मन में सामाजिक समानता की अवधारणा को और ठोस करने का काम किया। वे भारतीय जाति व्यवस्था के कठोर आलोचक बन गए और इसके खिलाफ अवर्ण जातियों को एकजुट करने और सामाजिक न्याय की अलख जगाने में जुट गए।

अपने अनुभवों से जोतिबा इस नतीजे पर पहुंचे कि भारत में सदियों से चली आ रही वर्ण व्यवस्था की सबसे ज्यादा शिकार निचली जातियां, किसान और महिलाएं हैं, और सामाजिक गैरबराबरी का मुकाबला करने के लिए उनका शिक्षित होना सबसे जरूरी है। इस विचार को अंजाम देने के लिए उन्होंने अपनी पत्नी सावित्रीबाई फुले की मदद से 1848 में लड़कियों का एक स्कूल खोला, जो देश में लड़कियों के लिए पहला स्कूल था। पत्नी सावित्रीबाई की शिक्षा में भी जोतिबा का बड़ा हाथ था, और बाद में वही सावित्रीबाई स्त्री-शिक्षा की मुहिम में उनकी सबसे बड़ी मददगार बनीं। बाद में जोतिबा ने लड़कियों और निचली जाति के छात्रों के लिए तीन अन्य स्कूल भी खोले। फुले अछूतों के संबंध में ब्रिटिश राज की भूमिका को प्रगतिशील मानते थे। उनके अनुसार ब्रिटिश राज के कारण ही निचली कही जाने वाली जातियों के लिए शिक्षा पाना संभव हो पाया।

जोतिबा फुले की नजर सामाजिक दुर्दशा के अन्य आयामों पर भी गई। तत्कालीन भारत में विधवाओं और उनके बच्चों की दयनीय हालत को देखते हुए उन्होंने सन् 1854 में एक विधवाश्रम की स्थापना की। इस आश्रम में दुखद हालत में रह रही बहुत सी ऊंची कही जाने वाली जातियों की महिलाओं को भी आसरा मिला।

जोतिबा फुले के इन कामों से एक ओर समाज में उनकी लोकप्रियता बढ़ी, दूसरी ओर रूढ़िवादी ब्राह्मण उनके खिलाफ भी हो गए। उन पर आरोप लगाए गए कि वे समाज की मर्यादाओं और नियमों को तोड़ रहे हैं। यहां तक की उनपर ईसाई मिशनरियों का एजेंट होने के झूठे आरोप भी लगाए गए। लेकिन इस तरह के आधारहीन और झूठे आरोपों से बगैर घबराए न सिर्फ जोतिबा अपने काम में जुटे रहे, बल्कि अपनी अवधारणाओं को ज्यादा व्यवस्थित तरह से लोगों के बीच पहुंचाने के लिए सन् 1874 में उन्होंने एक संगठन 'सत्यशोधक समाज' की स्थापना की। इसके जरिए वे समाज को वर्ण व्यवस्था की प्रचलित रूढ़ियों से छुटकारा दिलाकर ऐसे रास्ते की ओर ले जाना चाहते थे, जो ज्यादा तर्कपूर्ण हो और जिसमें मानवीय गरिमा का विवेक भी हो। जोतिबा इस संगठन के जरिए शूद्रों और अतिशूद्रों की मुक्ति और ब्राह्मणों द्वारा उनका शोषण रोकने के अपने अभियान को और विस्तार देना चाहते थे। उन्होंने साफ घोषणा की कि सत्यशोधक समाज वेदों को पवित्र और अकाट्य नहीं मानता, और धार्मिक अंधआस्था का पूरी तरह विरोध करता है। उन्होंने सवाल किया कि अगर ईश्वर एक है जिसने सारी मानवता को जन्म दिया, और जो सारी मानवता की भलाई के लिए सक्रिय है तो उसने वेद सिर्फ एक भाषा संस्कृत में ही क्यों लिखे। सत्यशोधक समाज को कोल्हापुर के तत्कालीन शासक शाहूजी महाराज की भी मदद मिली।

महात्मा फुले का मानना था कि सभी धर्म और उनकी धार्मिक पुस्तकें कुछ मनुष्यों द्वारा ही अपने वर्गीय स्वार्थों की पूर्ति के लिए लिखी गई हैं। उनका कहना था कि हर धार्मिक पुस्तक अपने वक्त की उपज होती है, और उसमें वर्णित सत्य का अनिवार्यतः कोई स्थायी और सार्वभौम महत्त्व नहीं होता। उन्होंने अपने घर के बाहर एक हौज बनवाया था, जिसमें सभी जातियों के लोग नहा सकते थे। जाति आधारित छूतछात के बंधन को तोड़ने के उनके बहुत से प्रयासों में से एक यह भी था।

महात्मा जोतिबा फुले जाति व्यवस्था के हिमायती ब्राह्मणों को पाखंडी कहा करते थे। वे हिंदुओं में ब्राह्मणों को बाहर से आया हुआ मानते थे। लेकिन इस सबके बावजूद उनके कई ऐसे ब्राह्मण मित्र भी थे, जो न सिर्फ हमेशा उनके साथ रहे, बल्कि उनके विचारों के समर्थक भी रहे। सदाशिव बल्लाल गोविंद उनके ऐसे मित्रों में प्रमुख थे। महात्मा जोतिराव फुले संत तुकाराम के अनुयायी थे। वे सच्चे अर्थों में एक गहरे मानवतावादी थे। उनके समाज सुधार के कार्यों का बहुत दूर तक असर हुआ। डॉ. आंबेडकर महात्मा जोतिराव फुले को बुद्ध और कबीर के बाद अपना तीसरा गुरु मानते थे। महात्मा फुले का निधन 28 नवंबर 1890 को हुआ।

सावित्रीबाई फुले

सावित्रीबाई फुले

सावित्रीबाई फुले महाराष्ट्र के महान समाज सुधारक जोतिबा फुले की सहधर्मिणी थीं। कन्या शिक्षा के प्रसार में दोनों की भूमिका अतुलनीय है। सावित्रीबाई पहले अपने पति की छात्र बनीं, उसके बाद उन्होंने लड़कियों को पढ़ाना शुरू किया। मार्ग में बहुत-सी बाधाएँ आईं, पर सावित्रीबाई फुले ने हार नहीं मानी। स्त्रियों, खासकर विधवाओं की स्थिति सुधारने में उनका संघर्ष बहुत ही प्रेरक है। महात्मा फुले की तरह वे भी विधवा विवाह की जबरदस्त समर्थक थीं।

सावित्रीबाई फुले

सावित्रीबाई फुले महान समाज सुधारक जोतिबा फुले की पत्नी थीं। वे सच्चे अर्थों में सहधर्मिणी थीं। अगर वे न होतीं तो शायद जोतिबा अपने काम को उस शिखर तक न पहुंचा पाते, जहां तक वे पहुंच पाए। यह सही है कि सावित्रीबाई समाज सुधार के क्षेत्र में अपने पति की प्रेरणा और प्रोत्साहन से आईं, लेकिन अपनी कर्मठता और जुझारूपन से उन्होंने वह मिसाल कायम की जो उनकी मृत्यु के एक शताब्दी से ज्यादा गुजर जाने के बाद भी आज तक लोगों को प्रेरणा देती है। 3 जनवरी 1831 को जन्मी सावित्रीबाई फुले भारत के पहले कन्या विद्यालय की पहली शिक्षिका थीं। जोतिबा ने जब कन्या विद्यालय खोलने का निश्चय किया तो तत्कालीन समाज में उनके सामने पहली समस्या यह थी कि वहां पढ़ाएगा कौन! तब उनके सामने पहला नाम अपनी पत्नी का ही आया। लेकिन सावित्रीबाई खुद भी शिक्षित नहीं थीं, इसलिए पहले जोतिबा ने उन्हें पढ़ाया, फिर एक जगह शिक्षिका की ट्रेनिंग दिलाई। सावित्रीबाई दोनों जगह सफल साबित हुईं। लेकिन बाधाएं इसके बाद भी थीं। सन् 1848 में महिलाओं का पढ़ना पढ़ाना एक बहुत बड़ी बात थी। माना जाता था कि लड़कियां पढ़-लिख जाएंगी, तो इससे उनके बिगड़ने का रास्ता खुल जाएगा। समाज और परिवार में इसका बहुत ज्यादा विरोध था।

फुले दंपती के भी माता-पिता और परिवार वालों ने उनसे नाता तोड़ लिया, लेकिन इसके बावजूद वे अपने रास्ते पर अडिग थे। स्कूल खोला गया तो वहां छात्राओं का मिलना मुश्किल था। बहुत कोशिश करके नौ छात्राओं ने वहां आना शुरू किया। सावित्रीबाई रोज सुबह स्कूल के लिए निकलतीं, तो सड़क पर ही तानों का सिलसिला शुरू हो जाता। लेकिन वे उनकी परवाह किए बगैर चुपचाप चलती जातीं। लेकिन धीरे-धीरे यह सिलसिला बढ़ने लगा। लोग उनपर टमाटर और अंडे फेंकते। सावित्रीबाई यह सब कुछ सह रही थीं। महात्मा फुले ने उन्हें दो साड़ियां दीं। एक, जिसे पहनकर वे स्कूल के लिए निकलतीं, वो रास्ते में ही लोगों के फेंके टमाटरों और अंडों से गंदी हो जाती। लिहाजा स्कूल में जाकर वह उसे बदलतीं और दूसरी साड़ी पहनतीं। कुछ लफंगे छींटाकशी और छेड़खानी भी करते। यह सिलसिला बहुत लंबे समय तक चलता रहा। एक रोज सावित्रीबाई ने छींटाकशी कर रहे एक लफंगे को पकड़कर एक झापड़ रसीद किया। इसके बाद यह सिलसिला थम गया और उनका आना जाना थोड़ा आसान हो गया। इतनी कठिन परिस्थितियों के बावजूद फुले दंपती ने उसी वर्ष लड़कियों के लिए पांच और स्कूल स्थापित किए। चार वर्ष बाद उन्होंने एक ऐसा स्कूल भी स्थापित किया जो सिर्फ अछूत कही जाने वाली लड़कियों के लिए था। शिक्षा के क्षेत्र में फुले दंपती के इन कामों के लिए तत्कालीन ब्रिटिश सरकार ने उन्हें सम्मानित किया था।

कन्या शिक्षा के अलावा सावित्रीबाई ने विधवाओं के जीवन को सुधारने की दिशा में भी अपने पति के साथ मिलकर बहुत काम किया। उन दिनों स्त्रियों का कम उम्र में विधवा हो जाना आम बात थी। इसकी वजह यह थी कि उनका विवाह अधिक उम्र के व्यक्ति से कर दिया जाता था। पति की मृत्यु के बाद इन विधवाओं को सिर

मुंड़ा कर अलग-थलग जीवन जीने को मजबूर होना पड़ता। सावित्री बाई और महात्मा जोतिबा फुले ने इस प्रथा के विरोध में अनूठी पहलकदमी की। उन्होंने शहर भर के नाइयों के पास जाकर उनको राजी किया कि वे विधवाओं के बाल नहीं काटेंगे। नाई इसके लिए राजी हो गए और उन्होंने इस मुद्दे पर एक दिन की हड़ताल भी की। हड़ताल के प्रतीकात्मक और व्यावहारिक दोनों तरह के असर हुए और समाज में इससे एक तरह की जागरूकता आई। दोनों पति-पत्नी ने इसके बाद विधवाओं के पुनर्विवाह के लिए अपनी कोशिशें जारी रखीं। सावित्रीबाई के इस क्षेत्र में वास्तविक योगदान को समझने के लिए उनके वक्त और हालात को समझना जरूरी है। उनकी प्रगतिशील दृष्टि, परिश्रम और कर्मठता का महत्त्व तभी समझा जा सकता है।

महात्मा फुले एक बार कहीं जा रहे थे, तो उन्होंने एक स्त्री को एक कुएं के नजदीक आत्महत्या के इरादे से जाते पाया। उन्होंने उसे ऐसा करने से रोका और कारण पूछा। पता चला कि वह स्त्री विधवा थी और साथ ही गर्भवती भी। उस स्त्री को उसके पिता ने घर से निकाल दिया था। फुले उसे अपने साथ घर ले आए, और इस बात के लिए राजी किया कि वह आत्महत्या नहीं करेगी, और साथ ही बच्चे को जन्म देगी। उन्होंने उसे आश्वस्त किया कि सामाजिक लांछन से बचाने के लिए वे उसे अपना नाम देंगे। घर पहुंचने पर जब उन्होंने अपनी पत्नी सावित्रीबाई को यह बात बताई, तो वे भी इसके लिए सहर्ष तैयार हो गईं। उस समय को देखते हुए किसी भी स्त्री के लिए यह बहुत बड़ा साहस था। वक्त आने पर उस स्त्री ने बच्चे को जन्म दिया। जोतिबा और सावित्रीबाई ने उस बच्चे को अपनाया और पालन-पोषण किया। बाद में वह डॉक्टर बना, और जोतिबा के चरण चिह्नों पर चला। फुले दंपती ने बाद में एक 'बालहत्या प्रतिबंधक गृह'

खोला, जहां गर्भवती विधवाओं की मदद की जाती थी। उन्होंने हर तरह के सामाजिक रूढ़िवाद पर सवाल उठाए। इसके लिए कई बार सामाजिक अलगाव झेलना पड़ा। उन दिनों सवर्णों के कुओं से अछूत कहे जाने वाले लोगों को पानी नहीं लेने दिया जाता था। सावित्रीबाई ने इसके विरोध में अपने घर के सामने बना हौज सभी जातियों के लिए खोल दिया था।

सन् 1890 में महात्मा फुले की मृत्यु हो गई और सावित्रीबाई अकेली रह गईं। लेकिन फुले द्वारा स्थापित 'सत्यशोधक समाज' के कार्यों को उन्होंने रुकने नहीं दिया। संस्था के कार्य चलते रहे। सन् 1897 में देश में प्लेग की महामारी फैली, तो सावित्रीबाई जी जान से पीड़ितों की सेवा में जुट गईं। उन्होंने बच्चों के लिए शिविर लगाए। वहीं एक बीमार बच्चे की सेवा के दौरान उन्हें भी प्लेग ने अपनी जकड़ में ले लिया। और आखिर 10 मार्च 1897 को उन्होंने संसार को अलविदा कह दिया।

सावित्रीबाई महान समाजसेविका के अलावा संवेदनशील कवयित्री भी थीं। उनके दो कविता संग्रह प्रकाशित हैं।

जनाबाई

जनाबाई

जनाबाई उच्च कोटि की भक्त और कवयित्री थीं। उनका जन्म महाराष्ट्र के एक गरीब परिवार में हुआ था। बचपन में उन्हें रामा शेट्टी के परिवार में आश्रय मिला। जनाबाई का पालन-पोषण रामा शेट्टी के पुत्र संत नामदेव के साथ ही हुआ। वे भगवान विट्ठल की भक्त बन गईं और अभंग शैली में काव्य रचना करने लगीं। नामदेव के साथ उनका आध्यात्मिक संबंध जीवनभर रहा।

जनाबाई

कहते हैं कि किसी व्यक्ति की महानता इस बात में होती है कि वो दूसरों के लिए क्या करता है। लेकिन ऐसे भी तो बहुत से लोग हैं जिन्हें भाग्य ने ऐसे हालात ही नहीं दिए कि वे चाहते हुए भी दूसरों के लिए कुछ कर पाएं! ऐसे व्यक्ति का बड़प्पन क्या इसी में नहीं है कि वो अपनी बुद्धि और भावना को हालात का गुलाम न बनने दे। बल्कि उनकी मदद से हीन स्थितियों से बाहर आए और कुछ ऐसा करे कि लोग उसके मुरीद हो जाएं। ऐसा ही किया था चौदहवीं शताब्दी की मराठी भक्त कवयित्री जनाबाई ने। जनाबाई का जन्म हिंदू समाज की सबसे निचली जाति के एक अत्यंत गरीब परिवार में सन् 1270 के आसपास हुआ था। उनके माता-पिता का नाम दमा और करुंड था। वे मौजूदा महाराष्ट्र के गंगाखेड़ के रहने वाले थे। उनकी मां की मृत्यु के बाद उनके पिता उन्हें पंढरपुर ले आए। तब जनाबाई सिर्फ सात साल की थीं। कहीं कोई आसरा नहीं। काफी भटकने के बाद उसके पिता को बेटी के लिए एक ऐसे परिवार में आसरा मिला, जहां जाकर उसकी किस्मत ही बदल गई। यह परिवार था दामा शेट्टी का। दामा शेट्टी पंढरपुर में बहुत दयालु स्वभाव के व्यक्ति के रूप में जाने जाते थे। वे और उनकी पत्नी गोनाई दोनों ही धार्मिक प्रवृत्ति के थे। जनाबाई को उन्होंने घर में छोटे मोटे कामों में हाथ बंटाने के लिए रख

लिया। नन्ही जना के लिए इतना आसरा ही अपने में बहुत बड़ी नेमत थी। दरअसल दामा शेट्टी मराठी के प्रसिद्ध संत कवि नामदेव के पिता थे। घर के धार्मिक वातावरण में नामदेव के साथ-साथ जनाबाई को प्रभु की भक्ति के संस्कार मिलने लगे। जनाबाई भगवान विट्ठल की परम भक्त बन गईं। उन्हें कभी पढ़ाई-लिखाई का मौका नहीं मिला था, लेकिन उनमें काव्य रचना के लिए उच्च कोटि की प्रतिभा थी। वक्त के साथ-साथ यह प्रतिभा मुखरित होती गई। वे अभंग शैली में काव्य रचना करती थीं। अपने जीवन काल में उन्होंने करीब साढ़े तीन सौ अभंग लिखे। उनके अभंगों में इतनी भावप्रवणता और गेयता थी कि वे बहुत जल्दी लोगों की जबान पर चढ़ जाते। उनकी कविताओं में भगवान विट्ठल के प्रति एक गहरे आध्यात्मिक संबंध की झलक मिलती है। अपने एक कवित्त में वे कहती हैं :

मैंने पंढर के चोर को पकड़ा
और गले में रस्सी से बांधा

मैंने दिल को बनाया अपने कारागार
जहां बंद कर उसे डाला ताला

मैंने शब्द से उसे खूब बांधा
फिर पावन पैरों में डालीं बेड़ी

जब विट्ठल ने की इसकी शिकायत
शब्द सोहम से पीटा, मारे कोड़े

कहे जना, प्रभु माफ करना
इस जीवन में न वो तुम्हें छोड़े

जनाबाई का एक ऐसा ही आध्यात्मिक संबंध नामदेव से भी था। जनाबाई उनकी सेवा करतीं और यही उनकी प्रसन्नता का विषय होता। अपने एक अभंग में वे कहती हैं प्रभु मुझे आप इस संसार में चाहे जितने और जैसे भी जन्म दो, लेकिन हर जन्म में मेरी ये इच्छा जरूर पूरी करना कि मैं पंढरपुर आकर नामदेव की सेवा करूं। फर्क नहीं पड़ता कि तुम मुझे चिड़िया बनाओ या कोई अन्य प्राणी, लेकिन पंढरपुर में नामदेव की सेवा की मुराद पूरी जरूर करना। नामदेव की दासी की आपसे यही विनती है। वारकरी संत नामदेव प्रभु भक्ति में यहां वहां भटकते रहते। लेकिन जनाबाई और उनके बीच का आध्यात्मिक रिश्ता हमेशा बना रहता। मान्यता है कि नामदेव और जनाबाई का देहांत एक ही दिन महज कुछ समय के अंतराल से हुआ। नामदेव की मृत्यु के कुछ ही क्षणों बाद उनकी भी मृत्यु हो गई। संसार में नामदेव की अनुपस्थिति में वे जीवन की कल्पना ही नहीं कर सकती थीं।

महात्मा गांधी

महात्मा गांधी

महात्मा गांधी केवल भारतीय स्वतंत्रता संघर्ष के महानायक ही नहीं थे, एक नई सभ्यता के अग्रगूत भी थे। दलितों और स्त्रियों को समाज में उनका समुचित स्थान दिलाने के लिए उनका संघर्ष बहुत महत्त्व का है। छुआछूत को वे मानवता के विरुद्ध अपराध मानते थे। छुआछूत के खिलाफ लोगों में जागरूकता फैलाने के लिए महात्मा गांधी देश भर में घूमे। इसी तरह स्त्री-पुरुष समता पर उन्होंने बहुत बल दिया। वस्तुतः उन्होंने जीवन के सभी क्षेत्रों में सुधार लाने की पहल की। उनके विचार आज पूरी दुनिया को आकर्षित कर रहे हैं।

महात्मा गांधी

महात्मा गांधी भारत के उन गिने-चुने नेताओं में हैं जिन्होंने जीवन के हर क्षेत्र पर विचार किया। सच्चाई को लेकर उनका मानसिक संघर्ष आजादी के उनके संघर्ष से बहुत पहले शुरू हो गया था। बल्कि यह कहना ज्यादा सही होगा कि देश की आजादी के लिए उनका संघर्ष उनके सत्य के लिए किए संघर्ष की ही एक शाखा थी। इसी तरह अहिंसा, दलितों के उत्थान और महिला अधिकारों को लेकर किया उनका संघर्ष भी था। अस्पृश्यता को वे मानवता के प्रति एक भयानक अपराध मानते थे। उनका कहना था कि अस्पृश्यता या छुआछूत के खात्मे का अर्थ है सारे संसार के प्रति प्रेम और उसकी सेवा जो अंततः अहिंसा के रास्ते तक पहुंचती है। महात्मा गांधी का रास्ता आत्मशुद्धि का रास्ता था, और यहीं से वह फर्क शुरू होता है जो आंबेडकर और उनके विचारों में अंत तक कायम रहा। आत्मशुद्धि का अर्थ है आत्मसुधार। गांधी लोगों में सुधार चाहते थे। उनका मानना था कि अंतःप्रेरणा से ही व्यक्ति और समाज में बदलाव आता है, इसलिए लोगों को राजनीतिक रूप से जागरूक बनाए जाने की जरूरत है, ताकि लोगों में गलत बातों के खिलाफ अंतःप्रेरणा का विकास हो। इसके उलट जोर जबरदस्ती से बात मनवाने की कोशिश से हिंसा पनपती है।

डॉ. आंबेडकर जब 'अछूतों' को ब्रिटिश सरकार द्वारा अलग निर्वाचक समूह घोषित किए जाने का पक्ष ले रहे थे, तो गांधी जी ने इसे अंग्रेजों की फूट डालो शासन करो की नीति का हिस्सा बताया था। अंग्रेजों द्वारा जबरन इसे लागू कर दिए जाने पर वे आमरण अनशन पर बैठ गए। सरकार ने उन्हें गिरफ्तार कर पूना के करीब यरवदा जेल भेज दिया था। उनका कहना था कि हम जनगणना में अछूतों का अलग वर्गीकरण नहीं चाहते। वे इसे देश और समाज में एक तरह का विभाजन मान रहे थे, जो उनके अनुसार 'हरिजनों' के लिए भी घातक होगा। उनका कहना था कि मुझे चाहे सारे संसार का राज्य दे दिया जाए, मैं हरिजनों के अधिकारों की कुर्बानी नहीं कर सकता। पृथक निर्वाचन को लेकर उनका कहना था कि डॉ. आंबेडकर और अछूतों का भला करने की उनकी मंशा के प्रति मेरा सद्भाव है। मैं उनकी योग्यता का भी आदर करता हूं। लेकिन इस मामले में वे बहुत बड़ी गलती कर रहे हैं। उन्हें जीवन में भयानक दंशों से गुजरना पड़ा है, और इसी वजह से उनका विवेक इस बात को समझ नहीं पा रहा है। इसी मसले पर चर्चा के दौरान उन्होंने डॉ. आंबेडकर से कहा था 'तुम जन्म से अछूत हो, लेकिन मैंने उसका वरण किया है'। अपने उपवास के पहले दिन उन्होंने पत्रकारों से कहा था मैं जो चाहता हूं, मैं जिसके लिए जी रहा हूं और जिसके लिए प्राण देकर भी मुझे खुशी होगी, वह है अस्पृश्यता का जड़-मूल से उन्मूलन। उनके उपवास का असर हुआ और डॉ. आंबेडकर समझौते के लिए राजी हुए, और इस तरह गांधी जी उपवास तोड़ने के लिए राजी हुए। छुआछूत के खिलाफ लोगों में जागरूकता फैलाने के लिए ही गांधी जी ने 7 नवंबर 1933 से राष्ट्रव्यापी हरिजन यात्रा शुरू की। नौ महीने तक चली साढ़े बारह हजार किलोमीटर की इस यात्रा में उनकी पत्नी

कस्तूरबा भी उनके साथ थीं। उनके तत्कालीन निवास वर्धा से शुरू हुई इस यात्रा का समापन बनारस में हुआ। यात्रा के दौरान वे लगभग हर रोज हजारों लोगों को संबोधित करते थे। यात्रा में उन्होंने हिंदुओं से ऊंच-नीच छोड़ने का आस्वान किया। उन्होंने कहा कि 'मैं मात्र अछूत हिंदुओं के बीच ही एकता के लिए संघर्ष नहीं कर रहा हूं, बल्कि यह हिंदुओं, मुसलमानों, ईसाइयों और अन्य धर्मों के लोगों को भी एकता के सूत्र में पिरोने का संघर्ष है।' अपनी इस यात्रा के दौरान गांधी जी ने हरिजन उत्थान के लिए भारी मात्रा में चंदा भी जमा किया। उनका कहना था कि मैं आम लोगों की आंखों के भाव और उनकी भंगिमाओं से उनके मनोभावों को जान लेता हूं। छुआछूत को लेकर मेरे कामों के प्रति कोई नकार उनमें नहीं दिखा। वे जिस तरह लोग आगे आते हैं, और चंदा देते हैं, उससे भी यह जाहिर होता है। सिर्फ अछूतों ही नहीं, देश के अन्य वंचितों और गरीब गुरबों के प्रति भी गांधी जी में गहरी सहानुभूति थी। यात्रा के दौरान गांधी जी ने हर वर्ग के लोगों से सहयोग लिया। बच्चों ने अपना जेबखर्च और महिलाओं ने अपनी सबसे प्रिय वस्तु जेवर तक देशहित में उन्हें दे दिए। गांधी जी ने महिलाओं से कहा इस देश में जहां लाखों लोग कुपोषण का शिकार हैं और आधा पेट खाकर सोते हैं, वहां किसी को जेवर पहने देखना सुखकर नहीं लगता। हालांकि गांधी जी के धर्म विषयक विचार कई लोगों को विवादास्पद लगे हैं, लेकिन उनके अपने जीवन का मूल मंत्र शायद सहिष्णुता ही था। कोई मनुष्य उनका शत्रु नहीं था, अधिक से अधिक उसकी प्रवृत्ति ही उनकी शत्रु हो सकती थी। बाहरी अवयव नहीं, बल्कि उनके प्रति मनुष्य का अपना व्यवहार उनके लिए ज्यादा महत्त्वपूर्ण था। यही वजह थी कि जिन वेदों को ज्यादातर दलित चिंतक वर्ण व्यवस्था की बुनियाद मानते थे, वहीं

गांधी जी का कहना था कि 'अस्पृश्यता ऋग्वेद के संदेश के पूरी तरह प्रतिकूल है।' उनके मुताबिक 'ऋग्वेद के मंत्र ये संदेश देते हैं कि भगवान एक है और वही सर्वोच्च है। हर जीव उसी परम तत्त्व से जन्मा है, जबकि छुआछूत इस आध्यात्मिक सत्य के विपरीत है'।

गांधी जी जीवन में चूंकि कहे गए की तुलना में किए गए को अधिक महत्त्वपूर्ण मानते थे, इसलिए उनके जीवन को अगर उस कसौटी पर परखा जाए, तो शायद वे ज्यादा खरे दिखाई देते हैं। अफ्रीका में अपने सार्वजनिक जीवन के शुरुआती दिनों में अपनी पत्नी कस्तूरबा से उनका इसी विषय पर विवाद भी हुआ था। उनका कहना था कि काम का प्रचार उस काम के महत्त्व को कम कर देता है। वे किसी काम को निचला नहीं समझते थे, भले वो पाखाना साफ करने का ही काम क्यों न हो। हालांकि साथ ही वे किसी भी काम को प्रदर्शन की तरह करने में विश्वास नहीं रखते थे। उन्होंने समझने के लिए नाई, धोबी, सड़क पर झाड़ लगाने जैसे हर तरह के काम करने की कोशिश की, और इस नतीजे पर पहुंचे कि किसी भी तरह का काम करने से उस व्यक्ति के सामाजिक स्तर पर कोई फर्क नहीं पड़ता है। इस क्रम में उन्होंने खुद अपने एक बच्चे के जन्म में एक बार दाई की भूमिका भी निभाई।

दलितों की ही तरह गांधी जी ने महिलाओं के अधिकारों के लिए भी जीवन भर संघर्ष किया। वे महिलाओं के रसोई के कामों में सिमटे रहने के खिलाफ थे। उनका मानना था कि रसोई की दासता से मुक्त होने के बाद ही स्त्रियों की वास्तविक योग्यता सामने आ पाएगी। आज स्थितियां बहुत बदल चुकी हैं, लेकिन अपने समय में गांधी जी की ये राय वक्त से बहुत आगे की थी। इसी तरह उन्होंने बाल विवाह विधवाओं के दयनीय जीवन को लेकर भी काफी काम किया। अपनी

देश यात्रा के दौरान उन्होंने पाया कि पूरी यात्रा के दौरान उन्हें 13 साल तक की कोई ऐसी लड़की नहीं मिली जो शादीशुदा न हो। नतीजतन उन्होंने घोषणा कर दी कि हर वह शादी जिसमें लड़की से न पूछा गया हो अपवित्र मानी जानी चाहिए। इसी तरह उन्होंने नौजवानों से भी आगे आकर युवा विधवाओं से विवाह करने का आह्वान किया। उनके इस आह्वान का बड़ा प्रभाव पड़ा और कई नौजवानों ने ऐसा करके दिखाया। इसी तरह गांधी जी ने दक्षिण भारत के राज्यों में प्रचलित देवदासी प्रथा के खिलाफ भी लोगों में चेतना पैदा करने की कोशिश की। इस प्रथा में परंपरा और धर्म के नाम पर महिलाओं का देह शोषण किया जाता था। गांधी जी ने उनके पुनर्वास की कोशिश की। उन्होंने लोगों से कहा कि महिलाओं के सम्मान की रक्षा करना उतना ही पवित्र काम है जैसे कि गाय की रक्षा करना।

खुद को प्रगतिशील और आधुनिक मानने वाले लोग अक्सर गांधी जी को परंपरावादी और धार्मिक व्यक्ति मानते रहे हैं, लेकिन सच्चाई यह है कि गांधी जी की सादगी का प्रभाव और भाषा उनके समकालीनों की तुलना में कहीं ज्यादा बड़े जनमानस पर प्रभाव डालती थी। यह वह वजह है कि तमाम विरोधों के बावजूद गांधी जी के विचार ज्यादा बड़े समाज को प्रभावित कर सके, और आज तक उनका महत्त्व बना हुआ है।

डॉ. भीमराव आंबेडकर

डॉ. भीमराव आंबेडकर

भारत में दलित चेतना के उत्थान में डॉ. भीमराव आंबेडकर का योगदान सबसे महत्त्वपूर्ण है। उनका जन्म महार जाति के एक पढ़े-लिखे परिवार में हुआ था। डॉ. आंबेडकर ने उच्च शिक्षा प्राप्त की और बैरिस्टर बने। उन्होंने अपना पूरा जीवन दलितों के लिए संघर्ष करने में लगा दिया। डॉ. आंबेडकर ने अनेक महत्वपूर्ण पुस्तकों की रचना की। संविधान बनाने में उनका उल्लेखनीय योगदान था।

बाबा साहब भीमराव आंबेडकर

भारत में दलित जीवन के मुद्दों को यदि किसी ने राष्ट्रीय मुद्दों में तब्दील किया तो वे डॉ. भीमराव आंबेडकर ही थे। उनका जन्म 14 अप्रैल 1891 को मध्यप्रदेश के महू में हुआ, जहां उनके पिता रामजी सकपाल ब्रिटिश फौज में सूबेदार मेजर थे। अछूत कही जाने वाली महार जाति के रामजी सकपाल पढ़े-लिखे और धार्मिक व्यक्ति थे, और कबीरपंथ से जुड़ाव रखते थे। उनको कुल 14 संतानें हुईं, लेकिन जीवित उनमें से पांच ही रहीं   तीन पुत्र और दो पुत्रियां। भीमराव उनकी अंतिम संतान थे, जिनका नाम उनकी मां भीमाबाई के नाम पर रखा गया था। उनके जन्म के दो वर्ष बाद ही उनके पिता फौज की नौकरी से सेवामुक्त हो गए। रिटायर होकर वे महाराष्ट्र के रत्नागिरि में अपने मूल गांव अंबावडे के नजदीक दपोली में रहने चले गए, जहां भीमराव को प्राथमिक विद्यालय में भर्ती कराया गया। बाद में पिता को सतारा में नौकरी मिल गई, तो परिवार को छोड़ उन्हें वहीं जाकर रहना पड़ा। पिता को सतारा गए अभी एक साल भी न हुआ था कि छह साल के भीमराव को मां की मृत्यु का आघात झेलना पड़ा। मां के न रहने पर बुआ और बहनों ने उनकी देखभाल की, जो परिवार में सबसे छोटा होने के कारण उनके प्रति काफी प्रेम रखती थीं। लेकिन मां की मृत्यु के आघात और बहनों के प्रेम ने भीमराव को

अपने आसपास के प्रति काफी संवेदनशील बना दिया था। पढ़ने-लिखने में वे शुरू से ही काफी तेज थे, और घर के धार्मिक माहौल के कारण धार्मिक कथाओं और इतिहास का ज्ञान उन्हें शुरुआती उम्र में ही हो गया था। संस्कार बनने के इन्हीं दिनों में बालक भीमराव को कई ऐसी स्थितियों का सामना करना पड़ा जिन्होंने उनके मन में भारी हलचल पैदा कर दी। कक्षा में उन्हें व अन्य 'अछूत' छात्रों को एक कोने में फर्श पर बैठना होता, शिक्षक उनकी किताबें नहीं छूते और जब उन्हें प्यास लगती तो स्कूल का चपरासी उन्हें दूर से इस तरह चुल्लू में पानी डालता कि कहीं पानी डालने वाला बर्तन उनके शरीर को छू न जाए। बचपन के उन्हीं दिनों में एक बार प्यास लगने पर जब भीमराव ने सवर्णों के कुएं से पानी पी लिया तो उन्हें ऊंची कही जाने वाली जाति के लोगों की पिटाई का सामना करना पड़ा। एक और दफा नाई ने उनके बाल काटने से इनकार कर दिया। एक सवर्ण जाति की महिला ने सिर्फ इसलिए उनकी पिटाई कर दी कि वे बारिश से बचने के लिए उसके घर की दीवार से सट कर खड़े थे। इन सब घटनाओं का बालक भीमराव के मन पर गहरा असर पड़ा, और वे सोचने को बाध्य हुए कि आखिर इस तरह के व्यवहार की वजह क्या है!

पहली पत्नी की मृत्यु के करीब एक साल बाद भीमराव के पिता ने दूसरा विवाह कर लिया। विवाह के बाद वे रहने के लिए मुंबई चले गए। पिता ने भीम की पढ़ाई में गहरी रुचि को देखते हुए उनका मुंबई के एल्फिंस्टन रोड के सरकारी हाई स्कूल में दाखिला करा दिया। यहां भी उन्हें जातिवादी भेदभाव का लगातार सामना करना पड़ा। अध्यापक उनकी नकल उतारते, साथी छात्र मजाक उड़ाते। आंबेडकर यह सब देखते और विवश होकर रह जाते। एक बार गणित की कक्षा में

अध्यापक ने उनको ब्लैक बोर्ड पर एक सवाल हल करने के लिए बुला लिया। जहां ब्लैक बोर्ड था उसके पीछे छात्र अपने टिफिन रखा करते थे। आंबेडकर ब्लैक बोर्ड तक पहुंचते इसके पहले ही सभी छात्रों ने अपने टिफिन बाक्स वहां से हटा लिए, क्योंकि उनके ब्लैकबोर्ड छूने मात्र से उन्हें अपने टिफिन अपवित्र हो जाने का खतरा था। भीमराव ये सब झेलते रहे, लेकिन जीवन के ये सब दंश उनमें विचार की एक ऐसी आग पैदा कर रहे थे, जो आगे चलकर देश में एक बहुत बड़ी क्रांति का सूत्रपात करने वाली थी। 1907 में भीमराव ने मैट्रिक की परीक्षा पास की। उनके नंबर बहुत अच्छे नहीं आए थे, लेकिन उनकी प्रतिभा को देखते हुए उनके पिता और भाई चाहते थे कि वे उच्च शिक्षा ग्रहण करें। उसी वर्ष उन्होंने विश्वविद्यालय में दाखिला लिया। किसी अछूत विद्यार्थी का विश्वविद्यालय में प्रवेश उस वक्त एक असाधारण घटना थी। इस खुशी में महार जाति के लोगों ने समारोह का आयोजन किया। उस समारोह में उनके अध्यापक और मराठी लेखक कृष्णजी अर्जुन केलुस्कर ने उन्हें एक किताब भेंट की, जिसका नाम था 'लाइफ ऑफ गौतम बुद्ध'।

कालेज में जाने के साल ही भीमराव का विवाह रमाबाई नाम की युवती से कर दिया गया। इसी वर्ष उन्हें बड़ौदा के महाराज की ओर से प्रतिभाशाली दलित छात्र को दी जाने वाली 25 रुपए प्रतिमाह की छात्रवृत्ति भी मिली। सन् 1912 में अर्थशास्त्र और राजनीति विज्ञान जैसे विषयों के साथ उन्होंने बीए की पढ़ाई पूरी कर ली। इसी वर्ष उनके घर पुत्र ने जन्म लिया। लेकिन इसके अगले वर्ष उनके पिता उन्हें अलविदा कहकर संसार से कूच कर गए।

बीए करने के बाद महाराज बड़ौदा ने भीमराव को विदेश में उच्च शिक्षा के लिए एक छात्रवृत्ति दी। शर्त यह थी कि शिक्षा हासिल करने

के बाद कम से कम उन्हें दस वर्ष तक बड़ौदा राज्य की सेवा में रहना होगा। अमेरिका में शिक्षा के दौरान उनके अनुभवों ने उन्हें भारतीय जनजीवन के पिछड़ेपन को लेकर एक नई दृष्टि दी। उन्हें यहां किसी तरह की छूतछात का सामना नहीं करना था। यहां हर चीज जो सबके लिए थी, उनके लिए भी थी। उन्होंने अपने एक साथी को उसी दौरान चिट्ठी में लिखा   अमेरिका आकर मुझे अंदाजा हुआ है कि भारतीय हिंदू समाज बहुत पिछड़ा हुआ है और यही उसकी गुलामी का मुख्य कारण है। 1915 में आंबेडकर ने एमए की पढ़ाई पूरी की। उनकी थीसिस का विषय था 'प्राचीन भारत में वाणिज्य'। एमए करने के बाद ज्ञान और अनुभवों के सागर में एक और गोता लगाने के लिए आंबेडकर लंदन रवाना हुए, जहां उन्होंने लंदन कॉलेज ऑफ इकानॉमिक्स में प्रवेश लिया, लेकिन पढ़ाई अधूरी छोड़कर सन् 1917 में भारत वापस लौटना पड़ा। वजह थी महाराज बड़ौदा से किया गया उनका अनुबंध। भारत लौटने पर बड़ौदा महाराज ने उन्हें अपना राजनीतिक सचिव रख लिया। लेकिन इस महत्त्वपूर्ण पद के बावजूद उनके अपमान कम नहीं हुए। उनके सवर्ण जाति के मातहत उनकी बात नहीं सुनते थे। चपरासी उनकी मेज पर फाइलें फेंक कर रखते थे। यहां तक कि वो प्रोफेसर, जिसके यहां आंबेडकर पेइंग गेस्ट के तौर पर रह रहे थे, की पत्नी ने भी उनकी जाति के कारण उन्हें अपने घर पर रखने से इनकार कर दिया। महाराज बड़ौदा भी इस मामले में उनकी कोई मदद नहीं कर पाए। ऐसे में घुटन और अपमान से थककर आंबेडकर बिना किसी से कुछ कहे सुने मुंबई चले गए। वहां वे अस्थायी तौर पर एक कॉलेज में प्रोफेसर हो गए। हालांकि वहां भी उन्हें साथी प्रोफेसरों और छात्रों के बीच कई तरह के दंश झेलने पड़े, लेकिन धीरे-धीरे उनकी विद्वत्ता और तर्कप्रवणता की धाक जम गई।

इसी बीच दलित अधिकारों के हिमायती कोल्हापुर के शाहूजी महाराज के सहयोग से उन्होंने एक पत्र 'मूकनायक' निकाला। इस पत्र के माध्यम से पहली बार उन्हें अपनी बातें खुलकर सार्वजनिक रूप से कहने का मौका मिला। उन्होंने ब्राह्मणवाद पर जमकर हमला बोला। उनके भाषणों और लेखों से धीरे-धीरे उनकी प्रसिद्धि बढ़ने लगी।

1920 में आंबेडकर अपनी अधूरी पढ़ाई को पूरा करने के लिए एक बार फिर लंदन रवाना हुए। वहां से चार वर्ष बाद जब वे लौटे तो बैरिस्टर की डिग्री उनके साथ थी। भारत लौटकर उन्होंने बहिष्कृत हितकारिणी सभा नामक संगठन का गठन किया। इस संगठन का मकसद था दलितों और पिछड़ों को ऊपर उठाना, ताकि वे मुख्यधारा में शरीक होकर अपने हक की आवाज उठा सकें। इसके दो साल बाद उन्होंने मुंबई के नजदीक कोलाबा तक एक जुलूस का नेतृत्व किया। कोलाबा के चोबदार ताल में नगरपालिका का पानी का टैंक था। विधानसभा तब तक पानी पर सभी वर्गों के अधिकार का बिल पास कर चुकी थी। आंबेडकर ने यह जुलूस इसी बिल को लागू करवाने के मकसद से निकाला था। कोलाबा पहुंचकर उन्होंने टैंक को 'अछूतों' के लिए खोल दिया, सभी लोगों ने उससे पानी पिया। शताब्दियों पुरानी रूढ़ि के टूटने की यह एक क्रांतिकारी घटना थी। यहां उन्होंने वर्णव्यवस्था को प्रतिपादित करने वाली पुस्तक मनुस्मृति को भी सार्वजनिक रूप से जलाया।

1929 में आंबेडकर का साइमन कमीशन से सहयोग के मुद्दे पर कांग्रेस से गहरा मतभेद हुआ। साइमन कमीशन की रिपोर्ट सरकार में सुधार के सुझाव दे रही थी, लेकिन कांग्रेस पूर्ण आजादी की मांग के तहत उसका विरोध कर रही थी। लेकिन आंबेडकर का मानना था कि कांग्रेस के पास देश के उत्पीड़ित तबकों के लिए कोई नीति नहीं

है, इसलिए वे उसके विरोध में और साइमन कमीशन के पक्ष में थे। आंबेडकर का मानना था कि गांधीजी सिर्फ दलितों के प्रति करुणा दिखाकर अपनी जिम्मेदारी पूरी कर लेना चाहते हैं, जबकि उन्हें कुछ ठोस चाहिए। साइमन कमीशन और नमक सत्याग्रह के मुद्दे पर आंबेडकर के विचारों की कांग्रेसियों में काफी आलोचना हुई। कांग्रेस और डॉ. आंबेडकर में विरोध की असली वजह दरअसल यह थी कि आंबेडकर अछूत कही जाने वाली जातियों के लिए पूरा हक चाहते थे, जबकि कांग्रेस इस समस्या से सुधारवाद के जरिए निबटना चाहती थी। डॉ. आंबेडकर की मांग थी कि 'अछूतों' को एक अलग निर्वाचक समूह के तौर पर माना जाए। ब्रिटिश सरकार ने उनकी इस मांग को मंजूर कर लिया। लेकिन गांधी जी ने इसके विरोध में आमरण अनशन शुरू कर दिया। वे इसे हिंदुओं के विभाजन के रूप में देख रहे थे। गांधी जी की बिगड़ती सेहत को देखते हुए आंबेडकर को झुकना पड़ा। बदले में उन्हें राज्य असेंबलियों और केंद्रीय परिषदों में आरक्षित सीटों के प्रावधान से संतोष करना पड़ा। इस समझौते को मशहूर पूना पैक्ट के नाम से जाना जाता है।

ब्रिटिश शासन के अंतिम दो दशकों के दौरान डॉ. आंबेडकर देश के सबसे महत्त्वपूर्ण नेताओं में शुमार हो चुके थे। उन्हें लंदन में आयोजित तीन गोलमेज कान्फ्रेंसों में मशविरे के लिए बुलाया जा चुका था। उन्होंने ब्रिटिश सरकार द्वारा घोषित प्रांतीय चुनावों में भाग लेने के लिए 1936 में स्वतंत्र मजदूर पार्टी का गठन किया। उनकी पार्टी के कई उम्मीदवार मुंबई असेंबली के लिए चुने भी गए।

आंबेडकर गांधी जी द्वारा 'अछूतों' को हरिजन नाम दिए जाने के भी खिलाफ थे। उनका तर्क था कि यदि 'अछूत' हरिजन यानी भगवान के लोग हैं तो अन्य जातियों के लोग क्या राक्षसों के लोग हैं?

लेकिन उनके तमाम विरोध के बावजूद कांग्रेस हरिजन नाम पर अड़ी रही और इससे डॉ. आंबेडकर को काफी खिन्नता हुई।

भारत के आजाद होने पर उन्हें देश का विधि मंत्री और संविधान बनाने वाली समिति का अध्यक्ष बनाया गया। 26 नवंबर 1949 को संविधान को ग्रहण किया गया। उन्हीं के प्रयत्नों से देश में संविधान की ओर से अनुसूचित जातियों और जनजातियों के लिए आरक्षण की व्यवस्था लागू हो पाई। अक्तूबर 1948 में डॉ. आंबेडकर संसद में हिंदू कोड बिल लाये। इसका मकसद था हिंदुओं में विरासत, विवाह और आर्थिक स्तर पर स्त्री-पुरुष के बीच की गैरबराबरी को समाप्त करना। लेकिन यह बिल सदस्यों के व्यापक विरोध के कारण पेश न हो सका। बाद में सन् 1951 में यह बिल इतना ज्यादा संशोधित करके पेश किया गया कि डॉ. आंबेडकर ने कानून मंत्री के पद से इस्तीफा देकर इस पर अपना विरोध जताया। डॉ. आंबेडकर सिर्फ अवर्ण जातियों के ही नेता नहीं थे, वे हिंदू समाज में सुधार के हिमायती थे। लेकिन इस दिशा में उनका यह अंतिम प्रयास असफल साबित हुआ।

डॉ. आंबेडकर धर्म को जीवन के लिए जरूरी मानते थे, लेकिन खुद अपने लिए हिंदू धर्म उन्हें स्वीकार नहीं था। हिंदुओं में जाति व्यवस्था की अमानवीयता को झेल और समझ चुके डॉ. भीमराव आंबेडकर ने कभी कहा था   मैं हिंदू पैदा जरूर हुआ हूं, लेकिन हिंदू मरूंगा नहीं। अपनी बात को सही साबित करने के लिए 14 अक्तूबर सन् 1956 को बहुत बड़ी तादाद में अपने समर्थकों के साथ उन्होंने बुद्ध धर्म अपना लिया। इसके दो महीने बाद 6 दिसंबर 1956 को वे चिरनिद्रा की गोद में चले गए।

पेरियार ई. वी. रामास्वामी

रामास्वामी नायकर

तमिलनाडु के एक प्रमुख विचारक थे। लोग उन्हें प्यार श्रद्धा से पेरियार कहते थे। तमिल भाषा में पेरियार का अर्थ है, सम्माननीय व्यक्ति। पेरियार गहन बुद्धिवादी थे और धार्मिक पाखंड तथा रूढ़िवाद का उग्र विरोध करते थे। उन्होंने बाल विवाह, देवदासी प्रथा, विधवा पुनर्विवाह पर रोक, जाति प्रथा तथा स्त्रियों तथा दलितों के शोषण का जम कर विरोध किया। विशेषकर दक्षिण भारतीय समाज के शोषित वर्ग के लोगों की स्थिति को सुधारने में उनका स्थान सबसे ऊपर है।

पेरियार ई. वी. रामास्वामी

पेरियार ई. वी. रामास्वामी दक्षिण भारत के महान दलित चिंतक और समाज सुधारक थे। उनका जन्म 17 सितंबर 1879 को तमिलनाडु के इरोड में हुआ। उनका बचपन का नाम इरोड वेंकट रामास्वामी नायकर था। वे तमिलनाडु में द्रविड़ों पर ब्राह्मणों के शोषण और प्रभुत्व के खिलाफ आत्मसम्मान आंदोलन के जनक थे। इसी आंदोलन के दौरान उन्होंने अपने नाम से जातिसूचक नायकर शब्द को हटा दिया। उनके पिता एक धनी व्यवसायी थे। उन्होंने स्कूल की शिक्षा सिर्फ पांच साल तक ही ग्रहण की, उसके बाद 12 साल की उम्र में वे पिता के व्यापार में सहयोग करने लगे। उनके घर में तमिल वैष्णव गुरुओं का आना जाना था। ये गुरुजन जो चर्चा या बहस करते, धीरे-धीरे पेरियार ने भी उसमें भाग लेना शुरू कर दिया। उन्हें महसूस होता कि हिंदू पुराणों और धर्म ग्रंथों की कहानियों में बहुत सारे अंतर्विरोध हैं। उनकी राय में ये कहानियां भारतीय आर्यों द्वारा फैलाए गए झूठों से भरी थीं। युवावस्था में ही उनके साथ एक ऐसा हादसा हुआ, जिससे वे हिंदू जाति व्यवस्था और ब्राह्मणवाद के पूरी तरह खिलाफ हो गए। यह घटना उनके साथ काशी में हुई, जहां वे काशी विश्वनाथ मंदिर में दर्शनों के लिए गए हुए थे। पूजा स्थल के पास ही एक धर्मशाला में अतिथियों को मुफ्त भोजन परोसा जा रहा था। जब

पेरियार भी वहां पहुंचे तो परोसने वाले ने उन्हें भोजन परोसने से इसलिए मना कर दिया, क्योंकि इस भोज में सिर्फ ब्राह्मण ही हिस्सा ले सकते थे। पेरियार उस वक्त अत्यधिक भूखे थे, इसलिए वे जनेऊ पहन ब्राह्मणों के जैसा वेश धर कर वहां जा पहुंचे। लेकिन इस बार दरबान ने उन्हें इसलिए भीतर जाने से रोक दिया कि उनकी मूंछें थीं। उसने कहा कि वे ब्राह्मण नहीं हो सकते, क्योंकि शास्त्रों के मुताबिक ब्राह्मणों को मूंछ रखने की इजाजत नहीं है। उनको न सिर्फ भीतर नहीं जाने दिया गया, बल्कि धक्का देकर उनका अपमान किया गया। काशी की इस घटना ने पेरियार पर बहुत गहरा प्रभाव डाला। पहले वे एक धार्मिक व्यक्ति थे, इस घटना के बाद उन्होंने अपने को धर्महीन यानी एथीस्ट घोषित कर दिया।

उस समय की परंपरा के मुताबिक पेरियार जब मात्र 19 वर्ष के थे, तब उनका विवाह 13 साल की नागम्माई से कर दिया गया। नागम्माई से विवाह से पहले उनका प्रेम था। विवाह के दो साल बाद उनके यहां एक कन्या शिशु ने जन्म लिया, जो दुर्भाग्य से मात्र पांच महीने बाद ही चल बसी। यह उनकी एकमात्र संतान थी। लेकिन पेरियार की पत्नी आजीवन उनके सामाजिक कामों में बराबर की सहयोगी रहीं।

पेरियार पर सामाजिक कामों के साथ-साथ परिवार के निजी व्यवसाय की भी जिम्मेदारी थी। लेकिन यह जिम्मेदारी उनको बहुत दिनों तक रोक न सकी। सन् 1919 में व्यवसाय छोड़कर वे पूरी तरह सामाजिक और राजनीतिक कामों के मैदान में कूद पड़े। इसी वर्ष उन्होंने भारतीय राष्ट्रीय कांग्रेस पार्टी की सदस्यता ली और जी जान से उसके लिए कामों में जुट गए। खादी के प्रचार, विदेशी कपड़े की दुकानों के बहिष्कार और छुआछूत मिटाओ जैसे आंदोलनों में उन्होंने

बढ़-चढ़कर हिस्सा लिया। गांधीजी द्वारा चलाए असहयोग आंदोलन के दौरान वे जेल गए। उनके इन सब कामों के कारण आम लोगों में उनकी लोकप्रियता बढ़ती चली गई। इसका नतीजा यह हुआ कि 1922 में वे कांग्रेस की मद्रास राज्य समिति के अध्यक्ष चुन लिए गए। लेकिन कांग्रेस की नीतियों में हिस्सा लेने के बावजूद पेरियार अपने मूल मुद्दे को भूले नहीं थे। उन्होंने कांग्रेस के अधिवेशन में यह मुद्दा उठाया कि सरकारी नौकरियों और शिक्षा के क्षेत्र में दलितों को आरक्षण दिया जाए, लेकिन उनकी नहीं सुनी गई। इसके दो साल बाद एक घटना हुई। यह घटना केरल के वाइकोम जिले की थी। वाइकोम में दलितों को मंदिर के भीतर ही नहीं मंदिर के आसपास भी नहीं जाने दिया जाता था। इसी कारण छुआछूत हटाओ आंदोलन का वहां काफी असर था। गांधीजी की प्रेरणा से यह आंदोलन दलितों को मंदिरों में प्रवेश दिलाने की राष्ट्रव्यापी मुहिम का हिस्सा था। लेकिन गांधीजी का कहना था केरल से बाहर के और गैर हिंदू वाइकोम के आंदोलन में शिरकत न करें। गांधी जी के निर्देश के बावजूद पेरियार सन् 1924 में वाइकोम सत्याग्रह के लिए पहुंचे और गिरफ्तार हुए। इन घटनाओं के बाद कांग्रेस से उनका मोहभंग बढ़ता गया और सन् 1925 में उन्होंने कांग्रेस से इस्तीफा दे दिया।

कांग्रेस से इस्तीफा देने के बाद पेरियार ने 'आत्मसम्मान आंदोलन' की नींव डाली। उनका कहना था कि यह आंदोलन गैर ब्राह्मण जातियों को उनके द्रविड़ अतीत पर आधारित गौरव का अहसास कराने के लिए चलाया गया है। इस आंदोलन के अंतर्गत बाल विवाह रोकने, जाति का उन्मूलन, अंधविश्वास हटाने, सबके लिए बराबरी और आजादी के अधिकार आदि को बार-बार उठाया गया।

कांग्रेस से इस्तीफा देने के कुछ साल बाद पेरियार ने दुनिया भर

में चल रही हलचलों को देखने के लिए कई देशों की यात्रा की। वे श्रीलंका, मलेशिया, सिंगापुर जैसे पड़ोसी देशों के अलावा मिस्र, यूनान, तुर्की, जर्मनी, रूस, इंग्लैंड, स्पेन, फ्रांस, पुर्तगाल आदि देशों में भी गए। पश्चिमी देशों में आधुनिकता और बराबरी के व्यवहार ने उनपर गहरा प्रभाव डाला। वे रूस की समाजवादी व्यवस्था से भी प्रभावित हुए, लेकिन निजी संपत्ति के खात्मे के सिद्धांत से वे सहमत नहीं थे।

दलित चिंतक के अलावा पेरियार द्रविड़ अस्मिता के लिए लड़ाई लड़ने वाले बहुत बड़े योद्धा भी थे। माना जाता है कि द्रविड़ आर्यों के आने से पहले भारत के मूल नागरिक थे, और आर्यों के अत्याचारों के कारण वे दक्षिण भारत के राज्यों में सिमट कर रह गए। पेरियार का मानना था कि आर्यों की वर्ण व्यवस्था और ब्राह्मणवाद के कारण द्रविड़ अपने ही राज्य में पीछे रह गए हैं। इसीलिए 1937 में मद्रास राज्य के मुख्यमंत्री चक्रवर्ती राजगोपालाचारी ने जब हिंदी को शिक्षा में अनिवार्य कर दिया, तो पेरियार ने इसके खिलाफ बहुत बड़ा आंदोलन खड़ा कर दिया। उन्होंने कहा कि हिंदी को अनिवार्य बनाना तमिलों और उनकी भाषा संस्कृति को पीछे धकेलने की साजिश है। इसी आंदोलन के दौरान उन्होंने 'तमिलनाडु सिर्फ तमिलों के लिए' का नारा भी दिया। इस आंदोलन के बाद पेरियार को दक्षिण भारतीय राज्यों के हितों के लिए लड़ने वाली जस्टिस पार्टी का अध्यक्ष बना दिया गया। पेरियार के आने से पार्टी में नई जान आई, लेकिन बहुत से पुराने रूढ़िवादी लोग इससे अलग भी हो गए। पार्टी अध्यक्ष बनने के पांच वर्ष बाद सन् 1944 में पेरियार ने जस्टिस पार्टी को 'द्रविड़ कषगम' (संघ) का नाम दे दिया। पार्टी ने तमिल समाज में ब्राह्मणों की पूजा व्यवस्था से जुड़े सभी चिह्नों, परंपराओं और उत्सवों को

अलग-थलग करना शुरू कर दिया। बाद में सामाजिक सुधार के बहुत से कार्यक्रम   जैसे महिला शिक्षा, विधवा विवाह, अस्पृश्यता विरोध   भी द्रविड़ कषगम के इस आंदोलन में जुड़ते चले गए।

दबे-कुचलों के लिए पेरियार की लड़ाई दलितों से होते हुए द्रविड़ अस्मिता के सवाल तक पहुंची। एक वक्त पर उन्होंने दक्षिण भारत के चार राज्यों को मिलाकर द्रविड़नाडु की मांग रखी थी, बाद में उन्होंने अपनी मांग को तमिलनाडु के रूप में सीमित कर लिया। पेरियार का कहना था कि अगर तेलुगु, कन्नड़ और मलयालम में से आर्यों की भाषा संस्थान के शब्द हटा दिए जाएं, तो वह पूरी तरह तमिल भाषा ही हो जाएंगी। पेरियार किसी भी बहस या कार्य के पीछे कारण को जरूरी मानते थे। उनपर कई बार हिंसा भड़काने और उत्तेजक बयान देने के आरोप भी लगे, लेकिन सच्चाई ये है कि पेरियार ताउम्र मानवीय गरिमा और वंचितों के लिए संघर्ष करते रहे। उनकी पहली पत्नी का निधन 1933 में हो गया था। 1948 में उन्होंने मनियम्माई से दूसरा विवाह किया, जो 24 दिसंबर 1973 को पेरियार की मृत्यु तक लगातार कंधे से कंधा मिलाकर उनका साथ देती रहीं। पेरियार को लंबी उम्र मिली, लेकिन उम्र के अंतिम दिनों तक वे कभी थके या रुके नहीं। अपनी मृत्यु से पांच दिन पहले भी उन्होंने एक सभा को संबोधित किया था।

कांशीराम

कांशीराम

कांशीराम की गिनती स्वतंत्र भारत के क्रांतिकारी नेताओं में की जाती है। बचपन से ही उन पर डॉ. आंबेडकर के विचारों का प्रभाव था। उन्होंने अनुसूचित जातियों, जनजातियों, अन्य पिछड़ी जातियों और अल्पसंख्यक कर्मचारियों को संगठित करने का प्रयास किया। आगे चल कर उन्होंने बहुजन समाज पार्टी नामक राजनीतिक दल की स्थापना की। दलित समाज की चेतना को जगाने और उन्हें संगठित करने में कांशीराम का योगदान विशेष रूप से उल्लेखनीय है।

कांशीराम

माना जाता है कि किसी भी दबे-पिछड़े समाज को अगर वास्तविक सम्मान हासिल करना है तो इसके लिए सबसे जरूरी होती है सत्ता। भारतीय राजनीति में कांशीराम वो शख्सियत थे जिन्होंने दलित जातियों में सत्ता के शिखर हासिल करने का मंसूबा पैदा किया। कांशीराम का जन्म 15 मार्च 1934 को पंजाब के रोपड़ जिले के एक दलित परिवार में हुआ। उनकी मां का नाम बिशन कौर और पिता का नाम हरि सिंह था। कांशीराम चार बहनों और तीन भाइयों में सबसे बड़े थे। पंजाब विश्वविद्यालय से विज्ञान में स्नातक होने के बाद कांशीराम सरकार के रक्षा अनुसंधान एवं विकास संगठन (DRDO) में नौकरी करने लगे। 1965 में वे अनुसूचित जाति के सरकारी कर्मचारियों के उन सभा प्रदर्शनों में शामिल हुए जो आंबेडकर जयंती की सरकारी छुट्टी खत्म करने के खिलाफ हो रहा था। 1973 में उन्होंने अनुसूचित जाति, जनजाति, अन्य पिछड़ी जातियों और अल्पसंख्यक समुदाय के कर्मचारियों का संगठन बामसेफ (BAMCEF) बनाया। यह पूरी तरह एक गैरराजनीतिक संगठन था। फिर उन्होंने डीएस4 नाम का एक संगठन भी बनाया। लेकिन इसके बाद उन्हें अहसास हुआ कि दलितों की वास्तविक सत्ता के लिए उनके वोट सबसे अहम हैं। इन्हीं दलित वोटों को एकजुट करने के लिए 1981 में उन्होंने

बहुजन समाज पार्टी का गठन किया। बहुजन समाज पार्टी के लिए वे पंजाब के होशियारपुर और उत्तर प्रदेश के इटावा से दो बार लोकसभा के लिए चुने गए, और इसके बाद उनकी पार्टी का कारवां बढ़ता ही गया। सन् 2004 के बाद से स्वास्थ्य संबंधी कारणों से कांशीराम सार्वजनिक जीवन में कम दिखाई देने लगे। लेकिन तब तक उनकी पार्टी वो मुकाम हासिल कर चुकी थी, जो इससे पहले दलित वर्ग के किसी भी प्रतिनिधि संगठन को कभी हासिल नहीं हुआ था। पार्टी की नेता मायावती देश के सबसे ज्यादा आबादी वाले राज्य की मुख्यमंत्री की कुर्सी एक से ज्यादा बार हासिल कर चुकी थीं, और देश भर में बहुजन समाज पार्टी वोटों के लिहाज से एक बड़ी ताकत बन चुकी थी।

दलित राजनीति के इतिहास में कांशीराम एक व्यवहारवादी नेता थे। यहां तक कि वे दलित शब्द के भी खिलाफ थे। उनका कहना था कि दलित शब्द में रोने विलापने की ध्वनि आती है, जबकि सचमुच में दलितों को ज्यादा ताकतवर दिखना होगा। उनका मानना था कि जरूरी नहीं कि लक्ष्य हासिल करने के लिए सीधा रास्ता ही अपनाया जाए, बल्कि लक्ष्य हासिल होने पर हर रास्ता अपने आप सीधा मालूम देने लगता है। एक बार जब बहुजन समाज पार्टी ने सत्ता में आने के लिए भारतीय जनता पार्टी के साथ समझौता किया तो किसी ने कांशीराम से कहा कि आपका ये समझौता तो अवसरवाद है। कांशीराम ने तपाक से जवाब दिया कि 'जब इस अवसरवाद का इस्तेमाल ब्राह्मण अपना प्रभाव बढ़ाने में कर सकते हैं, तो दलित भी अगर इसका इस्तेमाल अपनी ताकत बढ़ाने के लिए कर रहे हैं तो इसमें क्या गलत है!' अपने शुरुआती जीवन में वर्ण व्यवस्था के प्रति समझ बनाने में कांशीराम बाबा साहब आंबेडकर से प्रभावित हुए,

लेकिन बाद में उन्होंने अपने मकसद के लिए अपना एक स्वतंत्र ही रास्ता चुना। उनका कहना था कि 28-30 साल की उम्र में जब उन्होंने डॉ. आंबेडकर की पुस्तक 'जाति का विनाश' पढ़ी तो उन्हें महसूस हुआ कि समाज से जातिवाद को खत्म कर देना शायद संभव है। लेकिन बाद में जब उन्होंने जाति व्यवस्था और उसके व्यवहार का किताबों और जीवन में गहराई से अध्ययन किया, तो उन्हें भारतीय समाज में उसकी कार्यप्रणाली समझ आई, और उनके अनुसार उन्होंने जाति के विनाश पर सोचना छोड़ दिया। कांशीराम का कहना था 'आंबेडकर ने किताबों से सीखा, लेकिन मैंने खुद अपने जीवन और लोगों से सीखा। वे किताबें इकट्ठी करते थे, मैंने लोगों को इकट्ठा करने की कोशिश की है।' धर्म परिवर्तन के मुद्दे पर भी उनका मानना था कि बगैर राजनीतिक आजादी के धर्म परिवर्तन का कोई इस्तेमाल नहीं। सही अर्थ में सामाजिक परिवर्तन के लिए राजनीतिक सत्ता उनका ध्येय थी।

लंबा सक्रिय जीवन बिताने के बाद अपने अंतिम समय में कांशीराम डायबिटीज और हाइपरटेंशन जैसी बीमारियों से जूझते रहे। करीब दो साल तक बिस्तर पर रहने के बाद 9 अक्टूबर 2006 को दिल्ली में हृदय गति रुकने से उनका निधन हो गया।

●●●